CB060546

VENHO DE UM
PAÍS SELVAGEM

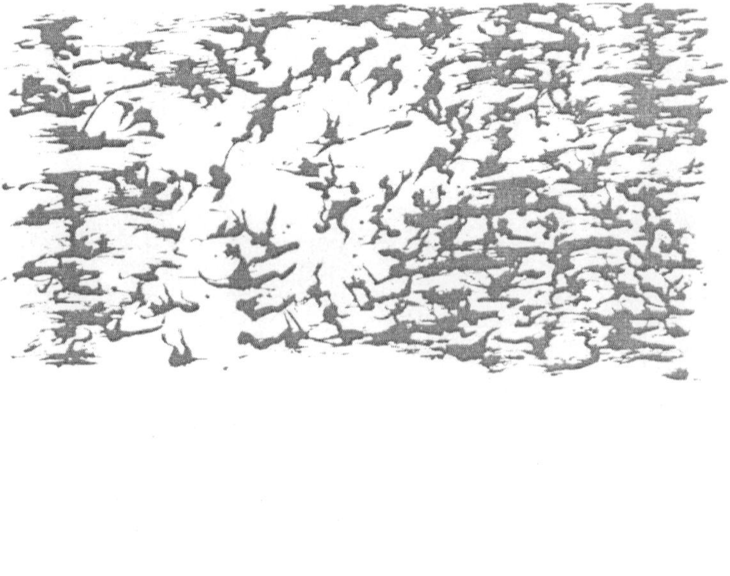

RODRIGO PETRONIO

VENHO DE UM PAÍS SELVAGEM

OBRA GANHADORA DO
PRÊMIO NACIONAL ALB/BRASKEM 2007

Copyright © 2009 Rodrigo Petronio

Direitos de edição da obra em língua portuguesa no Brasil adquiridos pela Topbooks Editora. Todos os direitos reservados. Nenhuma parte desta obra pode ser apropriada e estocada em sistema de banco de dados ou processo similar, em qualquer forma ou meio, seja eletrônico, de fotocópia, gravação etc., sem a permissão do detentor do *copyright*.

Editor
José Mario Pereira

Editora-assistente
Christine Ajuz

Revisão
Miriam de Carvalho Abões

Capa
Julio Moreira

Diagramação
Arte das Letras

Ilustração da página 4
Henri Michaux. *Sem título*. In: MICHAUX, Henri. *Um bárbaro na Ásia*. São Paulo: Nova Alexandria, 1994. Desenho em nanquim.

Agradecemos aos herdeiros do artista Farnese de Andrade a gentileza de nos terem concedido o direito de uso das imagens da capa e quarta capa.

Todos os direitos reservados por
Topbooks Editora e Distribuidora de Livros Ltda.
Rua Visconde de Inhaúma, 58 / gr. 203 – Centro
Rio de Janeiro – CEP: 20091-000
Telefax: (21) 2233-8718 e 2283-1039
E-mail: topbooks@topbooks.com.br

Visite o site *da editora para mais informações*
www.topbooks.com.br

Sumário

Dedicatória 11
Epígrafe 13
Os homens carregam suas sombras 15
Nossos caminhos se cruzam 17
Estarei aqui quando o quarto se apagar 18
Dentro da estrela branca
    I 19
    II 20
    III 21
    IV 22
    V 23
    VI 24
    VII 25
    VIII 26
    IX 27
    X 28
    XI 29
    XII 30
    XIII 31
Retratos rupestres
    I 32
    II 33
A verdade está do lado das sombras 34
Dentro do sol a lua
    I 36
    II 38

Porque tudo que é vivo é sem moldura 39
Poderia colher em minha pupila 41
Não diga esta flor: diga carne 42
Enterrem minha alma em algum lugar sem luz 43
Chega o tempo do retorno 45
Herança 49
Não conheço teu corpo: habito tua voz 50
A chuva refaz os interiores em silêncio 51
Antítese 53
Quando voltaste do mar 55
Estou aqui sozinho 57
Podes acreditar que esta cidade te liberta 59
Não partiste 60
Calor matinal 61
Da paixão 63
Ritual
    I 66
    II 67
    III 69
Para sempre e basta
    I 71
    II 73
Meio-dia
    I 75
    II 76
    III 78
Descemos rumo à fonte 79
Quero reter apenas a substância viva 80
Nossos corpos se afastam nossas almas se confundem 82
Migro para ti, além-palavra 83
Há uma voz e um livro que sopram os galhos das avencas
    e abrem uma rosa 86

Quero ser estrangulado pelo canto que me liberta 88
Animal: me enredo em ti 89
Passeio com a navalha reluzente entre tuas flores 90
É por refazer-te no trigo desta noite que te pertenço 91
Astarte 92
Apenas este campo transborda entre mim e ti 98

Sobre o autor 101

Para Maiara Gouveia

Teus todos estes poemas,
Dentro e fora da vida
Desde a origem – para sempre

Eternamente ressoa
Nos muros negros o vento solitário de Deus
GEORG TRAKL

Nada existe que não seja inocente
HERBERTO HELDER

Senhor, unifica meu coração
SALMOS, 86: 11

Em toda parte só vemos Teu rosto
FARÎD UD-DÎN ATTAR

OS HOMENS CARREGAM SUAS SOMBRAS

Os homens carregam suas sombras.
Afundam na madrugada com todas as suas estrelas.

Não conheço minha carne.
Não sou dono das sílabas que meus lábios subtraem ao eclipse
    e às chamas verdes destas árvores.

Marcho pelo céu e me detenho vazio de corpo e alma
Diante dos deuses que se suicidam no abismo.
Toda eternidade me é contrária e só sou eu mesmo naquilo que
    liquido.
A benevolência cresce em mim como uma praga.
E o amor só se realiza como acerto de meus passos mal
    desenhados e malditos.

Cavalos me despertam.
Ultrapassam minha sede e minha espécie rumo ao nada.
Não há água que limpe a sujeira de minhas mãos e de
    minha raça.
A clareira dos abutres já me espera.

Homenagem lunar tatuada em minhas chagas.
Círculo monótono de pés e de gravetos fremem
 em meu coração
Enquanto as paredes podres se destacam de meu sangue enferrujado.
E eu assisto indiferente
À procissão de vermes que deixam minha existência bem mais leve
E coroam a minha cabeça abençoada.

Meu rosto é esse espaço.
Inauguro a minha fala entre essas rezes.
Não sou o sopro liberto com as palavras
Nem a glória que se eleva fugaz
Ave solta de meu pulso aberto e minhas palmas.

Eu sou o Homem.
E agora me ajoelho contrito ante o sol negro em minha prece.

NOSSOS CAMINHOS SE CRUZAM

Nossos caminhos se cruzam.
Seguimos pela floresta estragada do sonho:
O ar, coração fendido pelos lábios,
É um pássaro que pulsa a céu aberto.
Não encontramos o milagre no poço,
Nos cilindros da noite, seu amplexo.
Não busques na rosa a consciência.
Não toques a palavra, a geometria de suas armas,
Porque toda cicatriz é esquecimento:
Nada conquistado após o nada.
O buquê da fala, *anima mundi*,
É sopro de papel, língua preclara.
O relógio transpira pela sala.
Crava em todos nós o seu reverso.
Espinho, sêmen da aurora.
A argila dourada se desprega de minhas pétalas.
Eis a minha humanidade:
Cava a minha chaga, vastidão celeste.
Beijarei o tempo e estarei em todas suas marcas.
Percorrerei a eternidade sem pegadas.
Para que enfim a voz da morte me desperte.

ESTAREI AQUI QUANDO O QUARTO SE APAGAR

Estarei aqui quando o quarto se apagar.
Movo este vaso de sombra, esta rosa de cinzas,
Os pulmões plenos respiram a água destas raízes.
Correrei na brisa quando nada mais houver.
Porque tudo desliza: o barco pelo sangue.
O planeta pela órbita da tinta, e a tela pela vinha.
A perfeição suja toda a beleza com seus pés gelados.
Prosseguirei sem nome ou deus, flauta destacada de uma vítima.
Serei sempre esse jardim, essa tranquilidade habitando as ametistas.
Mesmo depois. Quando nada mais houver.
Serei o silêncio recolhendo um coração maduro.
O perfil talhado pelo arbusto.
Foto antiga: musgo verde-oliva mastigando a enseada.

DENTRO DA ESTRELA BRANCA

I

O prazer de ser esquecido.
Beber a eternidade com lábios de limbo.
Tocar cada coisa. Pela primeira vez.
Como quem se vê partindo.
Duvidar da morte. Como quem a visse.
Beijar teu rosto. Como se eu não existisse.

II

Bendita seja esta sede.
Pétala negra que me coroa.
O espinho de luz desperta a carne.
Na corrente das águas talha minha cara.
Abençoa.

O espírito se rende à navalha.
Monumento de sangue:
O corpo escoa.
Na outra margem do tempo
Meu coração bate.
Seu pulso se sente.
Mas seu som não soa.

A terra se abre.
Sou-a.

III

Sei das frutas porque os braços mas deram.
Sei do fruto que se desfaz no dente.
A primavera recrudesce na papoula.
O orvalho destas mãos: luva transparente.
Retenho o coro das águas. Beijo o inimigo na face.
A forma Incriada — minha vida.
Perdendo o prumo, retorno ao grão.
A morte me inaugura na semente.
Exilado da terra. Céu de ervas.
Deponho a máscara. Abandono a cena.
Fora do teatro um deus me espera.

IV

Estas mãos têm algo de trágico.
Pois só tocaram teu rosto.
Indago da eternidade
O milagre banha de luz esse morto.
Escuro, anfíbio, putrefato.
Nada me responde. Só pegadas.
As palavras emergem de um cesto.
Feixe de artérias. A voz do Outro.
A minha garganta recebe o sol.
A nudez do ouro.
Todo o resto é arte e adorno.

V

O que colho pode vir de uma água mais antiga.
Mais remota que as pedras. Mais mineral que o dia.
Mais tenaz sob a terra o céu palpita.
Mais leve é este planeta de argila batida.
O que colho colho com mãos trôpegas.
Indigentes. Sempre as mesmas espigas.
Colho o que não se cultiva.
O instante fugaz. A amora fresca. A cidra.
Colho no ar. Neste campo ilimitado.
Céu sem nuvens. Mar sem praia.
Terra celeste: corpo, mapa.
Perco o prumo e douro o espaço.
Toda a forma sob o céu levita.
Estrela ou sargaço.

VI

Sou o que Sou:
Duas fases de um mesmo ventre: tempo.
Duas moedas de um mesmo rosto: corpo.

Morro.

Eterno desconhecido.
Eternamente Outro.

VII

As urzes podem rebentar de minha mão.
Não chorarei. Porque a manhã retém a noite.
E todas as outras formas luminosas.
O lírio desposa o besouro e o renega.
Sou o deus estrangeiro, céu.
Sou o deus desconhecido, terra.
As rezes se espalham na campina branca.
Pascem seu dorso natural. E seguem.
Martírio e amor em minha renúncia.
Nada fica pela metade.
Morro apenas na lembrança de meu sangue.

VIII

Um risco dourado. Um filete de água.
Uma escama verde. A grama de maio.
A constelação me cinge com seu saibro.
O relâmpago me entrega sua coroa.
Sou pobre. Nada tenho além da alma.
Esta mão cinza. Este coração de barro.
Em vão apalpo esta pele de luz.
Oferenda ao sol. A quem me mato.

IX

Se digo que sonho o ruído das flores, minto.
Perco-me num emaranhado de imagens.
Estou além do que penso e aquém do que sinto.
Todas as asas de um mesmo jogo.
Todos os rostos de um só cenário.
Plumas selvagens adornam o louco.
Se digo: sorvo esse veio-abismo.
As flores me tragam em seus orifícios.
Estrelas são patas. Estrias claras da brisa.
A sombra é a fonte de onde brota meu grito.
Degustação escura da aurora.
E a beleza na qual me aniquilo.

X

O que sobra de tudo talvez seja o início.
Um destino talvez. Um rastro. Uma rota.
Pegadas que levam a um precipício.
Asa e ruína me libertam. Incriado, maldito.

XI

Longe. A amora não me ofereceu a sua face.
Apenas com este barro moldo o milagre.
Só eu cumpro o declínio sem fim.
E a terra me abre toda a engrenagem de suas partes.
Procedo dela. Ao céu retorno.
A afirmação do amor me dissolve.
Além do tato. Além das vozes.
E o amor só se consuma com minha morte.

XII

Outrora fui esse campo de sono.
Em outro lugar já vivi este aqui e agora.
Outro era o tempo do mundo em minha pele.
Diluindo o cantor em suas notas.
Imola-me nas teclas brandas da chuva.
Sorve seu corpo gota a gota em sua obra.
Teu veneno aplaca minha sede.
Tua destruição me revigora.

XIII

Nada mato. Nada retenho. Nada procrio.
Sou o parto azul dos elementos.
A circulação da linfa entre os dias e o *spiritus*.
Depois o poema vem cumprir sua rota.
Colide com o planeta. Abre uma ilha.
Por ora só me encontro em quanto ardo.
Exilado do corpo onde ainda queimo.
Refém da alma por quem fui amado.
Andarilho do mundo — não o adentro.
A flor ainda persiste em meio aos cacos.
Ruído vegetal: eis minhas armas.
Sou o que Sou:
Aqui me ofereço, novilho e cardo.
Morrer ignorado: maior de todos os monumentos.
A estrela pelo céu não deixa rastro.
Deus só nasce quando perde o centro.

RETRATOS RUPESTRES

I

Vi-o por uma janela verde:
Meu pai recolhia a bosta do tempo para adubo.
Ele trotava.
Imprimia em cada flor sua pisada.
Por mais que quisesse correr à frente
A rédea se enredava pelos dentes e a mão esquerda de Deus imperiosa o puxava.

Hoje tenho sua face: fonte viva retirada de uma taça.
Estou livre e negativo como as asas de uma pedra a quem tirassem o dia.
E ele caminha sorridente pela casa.
A cada relincho a chuva freme suas esporas pela tarde.
A solidão nos une contra a morte, oculta a minha origem e me embaralha.
E o meu amor aumenta na proporção do feno a cavalgadas.

II

A cabeça de índio da minha avó é branca.
Fruto de terra clara ou queda de alguma estrela.
A lua é branca quando bebida pelas rosas.
Escuda-se no cajado para não se afogar na memória.

No quintal meu avô pica tabaco nos joelhos.
O chapéu sustenta a rotação do mundo
E as enguias estelares rolam ao largo de suas abas sem princípio
    nem começo.
O sol a pino se retesa, orquídea sobre sua nuca acesa.
Carne concentrada, vaso terroso,
Efígie silenciosa que inaugura algum planeta.

A oração vem da sala.
O sopro do fumo do quintal.
Ao meio-dia em ponto o sol e a lua sentam-se à mesa.
Mais uma vez recomeça o ciclo universal.

A VERDADE ESTÁ DO LADO DAS SOMBRAS

A verdade está do lado das sombras.
Não adianta quereres ceifar teu rosto com tua mão.
Razão pura, fraude simiesca.
Só os erros inscrevem um rosto humano no espelho.
Desço os degraus rumo à clareira da casa.
O espírito hesita entre o lírio e o meio-dia.
Uma flauta poderia sim te recolher para outro mundo.
Mudar os deuses e os anos. Os ossos dormindo na carne.
Anoitecer a foice que só quer mostrar seu brilho.
Mas todos os campos já foram semeados.
Teu coração é nu e dorme entre espinhos
Enquanto o norte do olhar contempla os cardos.
Abre-te elementar sob os pinheiros;
A relva sonha azul e acolhe o sol em seus cílios.
Em outro tempo poderias planejar as estações.
Mas hoje todas as uvas foram adiadas.
Aves tremem infensas nas videiras.

Crianças abatidas nos estábulos e nas casas.
As mãos apenas refazem a dura engrenagem.
E as estrelas cumprem sua rota em torno do patíbulo.
O pão está na mesa. O vinho descansa na concha adormecido.
O olho, no infinito. Dorme meu filho.

DENTRO DO SOL A LUA

I

Bendita esta água que nos transborda quando estamos inteiros,
Apaga toda ferida quando mergulha em nossa alma sem enigma,
Borboleta, asa de sílabas afogada em um tinteiro.
Bebo tua face, a vastidão das pedras,
Poços de hóstia escura, vermelho-vivo da infância, outras luas.
Que somos nós, entre a selva e aquilo que o coração anula?
Sono crepuscular, litania da nudez em uma mandrágora aberta?
A floração dos lábios ilumina nossa gruta?
Sabemos da bondade dos homens, nos protegemos dela.

Tudo ao redor queima entre as pernas:
O astro no espaço triste, os olhos da criança, um tubérculo.
Enquanto a mais furiosa flor traduz a carne espessa em espesso
    verbo.
Ruído vegetal das ruas, fim maior de minha paixão humana.
Sempre as mesmas perguntas nos interpelam
Entre placas, buzinas, leis, anjos de plástico e poetas.
Nada temos com isso, voz desenhada no abismo.

Pairando entre o animal e o puro espírito, colhemos a vertigem
    dos signos,
Suas enguias, as pequenas raízes de nosso ser de sol e martírio.
O lampejo doce do amor nos mata mais que preserva.
Pois é esse mesmo o seu ofício: a duração pura das feras.

Só assim estamos vivos:
Oração entre os dentes caninos do mundo,
Duplo salto na chama do sangue redentor:
Corpo corpo corpo que nos batiza para a vida eterna.

II

Dentro de cada célula o mundo espera as águas de março.
No interior do casulo um bicho de vértebras inaugura o espaço.

Sabes a dureza da amora contra o vento,
O equilíbrio da proa quando se desliga da noite e de seu
    remo azul.

Por isso não há onde ancorar,
Pedras de arpoador ou vastidão sem margens do dia.
Sempre falta a palavra precisa,
Risco na areia deserta, marca da origem e da espécie.
Para escrevê-la, minhas vísceras.

Somos este poema, caminhamos juntos, entre urzes, velas.
A poesia não nos completa.
Pois é sempre sem palavras que melhor me traduzes.
E quando te ocultas, me revelas.

PORQUE TUDO QUE É VIVO É SEM MOLDURA

Porque tudo que é vivo é sem moldura.
Pelo ventre escarlate (disco azul do fogo) que a tarde esculpe em ouro sob tuas patas lupinas.

Estou aqui: escrito no vaivém de tuas espáduas repartidas.
Como a frase sem fala das facas e os animais de purpurina.
A cama ainda pressente a carne farejada, vestígio, sêmen.
E isto é o poema, silêncio rasgado pelo murmúrio das vozes mais antigas.
A água circula na fundação de um mundo:
O resto é mentira, máscara de sombra, chafariz, pênis de pedra.
Vinho sem vinha.

Por tudo o que não cabe na paisagem e adere à tela.
Quadrante, liberdade, sina.
Buraco na cabeça de uma estátua pelo qual a água solar desfila sua linfa.
O poema encontra paz sem o poeta.
Fímbrias na granulação da pele, grasnir de gruta, a espessura da maçã.
Hialina.

A tinta voltando enfim ao corpo se liberta.
Da arte. Da solidão. Dos bons modos. Do intelecto.
De toda a nomenclatura que mofa os livros e as ervas.

A palavra escorrega.
Retorna ao seio vegetal.
Omoplatas abertas pelos cílios do sol: ouro.

Não é a verdade o que flui tranquilo pela boca dos homens feito esgoto.
Dia a dia morno, mormaço, fedor plastificado de um deus morto.
Não é consentimento o que adere suave ao outono e nos salva da agressão feliz de suas sépalas.
Crime distribuído em casa pelos polvos do poder, gosma e adubo.

Mas o rosto sem frente, todo ele espaço e música.
Tudo o que fende a moldura do dia.
Asa, bicho, canto, nomes esculpidos em seda.
Este é o poema. Teu sexo. Minha alma.
Corpo entrelaçado nas veias, constelação analfabeta.
A poesia: morte na luz.
Porque morrer é sua vocação.
Aquilo que a faz ser bem mais bela.

PODERIA COLHER EM MINHA PUPILA

Poderia colher em minha pupila
Este fruto adormecido entre meus braços.
O cristal irrigaria meus tentáculos.
O coração de magma maduro
Seria a flor de fogo aos meus dentes ofertada.
Floração de poros deste ar eterno:
A rede nos eleva ao céu em suas teclas.
Enquanto a morte nos desperta no interior do feno.
Queira a terra cravar em mim o seu punhal escuro.
Gota de néctar: íris de pedra.
Circulas por meu corpo luto a luto. Era a era.
Na garganta da sala descemos rumo a estrelas mudas.
Prestes brotarás do meu corpo de chuva.
Habitante do mistério já não durmo.
Os homens trabalham o linho dos seres indefinidamente.
Só eu estou desperto.
Tudo o que existe nasce de minha carne em ascese.
Raízes e galhos rangem em meu coração.
A seiva do mundo e da vida sangra de minhas mãos.

NÃO DIGA ESTA FLOR: DIGA CARNE

Não diga esta flor: diga carne.
A polpa do verbo só se abre
Quando o espírito sopra por nossa boca.

Não diga esta adaga: diga sangue.
O rio só regressa das veias
Quando o céu acolhe a pupila das pedras sem nome.

Não diga homem: diga terra.
O conceito não presta para o que some.
Tudo expira em nós: instante e estrela.
Império e hera.

Quando o homem desaparece: diga cinza.
Diga céu.
É o que resta do século apagado
Sob a pálpebra de uma lua extinta.

ENTERREM MINHA ALMA EM ALGUM LUGAR SEM LUZ

Enterrem minha alma em algum lugar sem luz.
Caminharei sem sombra pelos poços da noite entre
    galhos retorcidos e o ar escasso.
Pergaminho vivo, serei feliz sem nome, rosa túmida
    avessa ao ser,
Pela própria aniquilação embriagada.
Respirarei o espaço e as estrelas apagadas que unificam
    minha carne.
Não quero testemunhas. Livrem-se do meu cadáver.
O rebentar de uma só flor já me basta de homenagem.
Que todos os olhos se ceguem e todas as mãos sejam ceifadas.
E eu mastigado pela água em seu ranger de líquidos estalos.
O relógio das casas e sua oração de sinos quebrados.
Meu dorso não suporta o chicote de seus salmos.
À hora grave o sol engole todas essas planícies sem memória.
E somos tocados pela brisa delicada dos mortos.

Não há guerra nem renovação neste mundo limpo.
Não há nada mais sujo do que uma pessoa honrada.
Todos estão do lado da beleza. Todos estão salvos.

Vítimas se multiplicam e não há algozes entre estes ratos.
Senhor, dá-me teu doce flagelo.
Concede-me a honra de ser dentre os assassinos o mais baixo.
Para que a ferida expila o seu fruto sobre a relva.
E nos desperte do sono miserável de nossas obras e nossos quartos.

Só tu, terra devastada que espelha o céu.
Só tu, oásis, beleza sepultada de Deus, onde brotam rosas violentas.
Só tu podes redimir nossa pobreza.
Na decomposição de minhas células serei salvo finalmente.
Aquieta-te, deusa primeira.
E bebe este vaso de sangue em teus poros.
Dá-me o halo de tua glória, celeste, miserável.

CHEGA O TEMPO DO RETORNO

Chega o tempo do retorno.
Não para a salvação do corpo ou da alma ou dos restos sujos da casa ou das chagas e pústulas em torno de minha cabeça cingida com a graça.
Chega o tempo porque só existe a sua chegada.
Toca a outra margem, alma, habita-me e me destrói.
Saberás a terra e a maçã antes de meu primeiro grito.
Assim: o óbito corre de boca em boca mal o dia amanhece.
Não atendo ao telefone enquanto te trocas e o filho mói todos os ossos de seu pai com um bastão.
A minha face no espelho, tantos anos, a menina descasca abacaxis nos tornozelos:
Lembro-me de suas veias azuis recortando nas costas as montanhas, dos sapatos sem contorno fora de moda, de como poderíamos ter sido apenas duas crianças em uma esquina,
Argila apagada pelo passar dos carros inconstantes.
Não, mas. As fotos se incrustaram na neblina e o passado não nos deixou seu eco.
Redivivo ele persiste nas raízes e no beco onde os garotos apodrecem de mil maneiras diferentes.

Teria ouvido aquela tarde a tua extinção enquanto acariciavas o corpo nu de uma mulher que não existe?
Seria essa a primeira vez que te vi partir, além dos edifícios, nos pinheiros altos?
Sinos repicam a ressurreição e atravessas as pessoas entre sirenes e o corpo morto de um deus empurra as aves com seu último suspiro.

Abro as mãos, ergo-as intactas da terra.
Não retenho nada além deste rosto, destes sulcos, desta pele queimada pelo *diesel*.
Esta porção finita, fagulha de músculos acesos sobre a cabeça decepada de um homem grego.
Cedo demais para os deuses, nunca vieste, homem de fé.
Resta-nos o espetáculo, a estatística, os cinco milhões de chimpanzés.
Embora eu traga em minha forma primitiva o canto incoerente dos flamingos e a matéria das matérias mais arcaicas.
Matem-se suicidas, trabalhem trabalhadores, funcionem funcionários.
Estou farto de todos vocês, adolescentes pegajosos, animais afirmativos.
Estou farto, sílabas semeadas ao acaso sobre a folha para homenagear minha miséria.
Abro-me aos seres terrestres como uma baía se abre às casas.
Com a mesma simplicidade de um salmo ou de uma árvore.
Pregado em uma estaca fito o meio-dia límpido.

A faca reluzente sobre a mesa não comove.

O jornal, sim, os assassinos também pedem clemência a despeito das jaulas enrugadas de minha loucura.

E alguém acaso dirá que sou mais nobre por te desprezar, face humana?

Quantos buquês se abrirão no dia em que todos nós nos mataremos?

Não há saída, bolor de vinte dias em meu quarto depois do último gatilho.

O vermelho virou negro, tal o veludo das pernas gordas da cigana ao ler minha mão naquele dia transparente.

O rádio pode chiar seus decibéis: a urgência do trânsito, dos transeuntes, das tarifas, dos empregos, dos empregadores, dos arquivos, dos motoristas, dos energúmenos, dos sabotadores.

E eu apenas caminho, real e intangível, como a gravidade.

Apreendo as silhuetas em martírio enquanto nas missas e escolas as crianças se elevam em direção ao céu.

Sabes: nem o mal é um empecilho à liberdade.

Mesmo o mais cruel dos homens ama a virtude em sua destruição.

O vício e a difamação elevam-no acima das estátuas e automóveis.

Mesmo o latrocínio é um golpe da vaidade em seu último elixir.

A malícia pede sofredores porque Deus enxerga muito mais quando está cego.

Sigo para Damasco, mesmo sem ter entrado na terra santa.

Retorno de Jericó pelas trilhas picadas de uma lâmpada e em meio ao leque furta-cor dessas senhoras gordas e católicas – eu vos odeio caluniadores.

Nenhuma menção ao Senhor nesta terra de hermafroditas.

Nenhum sinal do deus desconhecido nas máscaras de lodo sob a água ou dentro do táxi que acaba de explodir na rua São João.

Nenhum sinal do céu em Gaza neste dezembro de duas mil bombas.

Abandonados, corroídos pelo Éden.

Lançados à morte dupla com sua dupla face de glória e improviso.

O nosso álibi: a mais completa afirmação nos prepara aos canibais.

Por isso, te digo essas palavras sem sentido.

Minto a cada nova revolta e não compreendo o círculo precário, o giz, a roda míope da vida em seu domínio.

Faço as pazes com o algoz, se pertenço à minha alma.

Feliz de servir ao que não passa ao que não é eterno nem perene nem fugaz nem tampouco puro reticente embriagado ou amoroso.

Não, apenas um pouco de lucidez antes do fim. Como um brinde. Apenas.

Uma duração de cinco minutos depois de tudo um último um mísero espinho.

E basta.

HERANÇA

Lutou na guerra.
Tergiversava ao falar.
As pernas supuravam podres pela gangrena.
Na morte seu coração tinha o tamanho de uma amêndoa.

Não teve filhos.
Deixou uma árvore, um baú e um livro de poemas.

NÃO CONHEÇO TEU CORPO: HABITO TUA VOZ

Não conheço teu corpo: habito tua voz.
A noite é um som de galhos e se quebra.
Desperta o minério. Sonha alada dentro do cristal.
Abriga nossas faces. Desfaz toda distância.
Suprime o espaço que vai da ideia à treva.
Clareira e vazante. Esta foz nos precede.
A água gera uma água inaugural em sua taça.
És tu, pedra enredada entre as mãos das ervas.
Onde esculpo teu rosto feito de carícia e tempo.
Aqui vivemos o despertar da carne, presa e pétala.
Iluminados irrigamos estas árvores, somos sua linfa.
A madrugada tranquila, verde tergal, sonho aberto
Verga-se sobre os confins de nossos corpos e das éguas que movem a Terra.
Sorvidos em um movimento puro, ela nos rega.
Assim a eternidade se entrelaça em nós.
Assim a plenitude não nos basta:
Animais, extraímos luz da luz na selva.

A CHUVA REFAZ OS INTERIORES EM SILÊNCIO

A chuva refaz os interiores em silêncio.
Desmancha todos os muros com suas luvas.
Somos todos estrangeiros. Não há ninguém lá fora.
O sol não veio. Seus favos de trigo não deitaram sobre a noite.
Nem a água antiquíssima pousou sobre meus cabelos.
O cristal ainda dorme em seu primeiro espinho.
Que venha a política. A merda polida por palavras.
O assassinato em nome de nobres causas.
Civilização, arte, imbecis emoldurando o nada.
Todos nós, coisas entre coisas, avessos da espada.
Holocausto ao vazio, templos de lata.
A fauna nos povoa quando somos este espaço
Entre o voo verdadeiro e um projeto de asa.
A cada gota um deus em mim se levanta nesta sala.
Sei que foste pra outro país, inacessível.
Trazes apenas a marca de tua alma em cada objeto
E caminhas pela casa e te perdes nos espelhos.
Uma estupidez qualquer que nos tire deste peso:
Existirmos sem palavras, sermos sem saber do ser, seu veio.

Essa morte abjeta, compartida, ossos animados,
Gado sem recheio que vende a alma em troca de conceitos.
Apenas eu e tu, contra o mundo, o círculo não se completa.
A chuva, ela e apenas ela, eternamente cai.
Não explica, não indaga, não oculta, não confessa.
Apenas demonstra a lei da gravidade e sua beleza:
Maior afirmação de quem sorri em plena queda.

ANTÍTESE

O poema me espera, fora de mim,
Para que eu me realize nele.
A sua falta de essência me completa,
E o que nele sobra me extravasa:
Transbordo em seu sinal de menos:
Sua ausência de ser é minha casa.
Sustenho seu corpo, sem mistério.
Adentro seu espaço, sem pegadas.
Encontro-o quando perco o centro.
Menor que a parte, ele não me abarca.
Maior que o todo, ele é meu avesso.
Não é o mundo o que ele me revela.
Não é a mim mesmo que nele procuro.
Não é a poesia o que ele desperta.
Mas o hiato que vai da ideia à fala
Onde o coração bate mais livre.
Mergulhado na matéria mais precária,
Pulsa em nós ao ritmo da estrela
Tanto mais imortal em quanto vive,
Eternidade da luz que se apaga.

Isento da palavra que o aprisiona,
Alheio ao conceito que o mutila,
Imerso em cada coisa que o transcende,
Mergulhado no mundo sem limite:
Vou ao poema, retorno ao nada:
A voz me liberta de minha alma
E assim eu sou o Outro que me habita.

QUANDO VOLTASTE DO MAR

Quando voltaste do mar
Faz um ano talvez uns meses quem sabe
O tempo não se contava
O Universo era dados nas mãos de uma criança
Enquanto a casa incendiada
Cuspia labaredas pelos flancos
Quando voltaste eu aqui petrificado
Estátua com a carne mutilada pelos pombos
Vago habitante do interior destas muralhas
Hóspede de um palácio sem portas
Preso ao infinito a suas amarras sem limites
A cela mais tenaz feita de ar leve nos ata
Agora quando chegaste ainda te amava
Mas foi pouca a penitência destas horas
Pouco o desperdício de uma vida
Diante da tua face grave descomposta
Sem lágrima ou palavra que a ative
Sulcada em linhas mestras sem mensagem sem origem
Foi essa a marca a água que envelheceu meu coração
Essa frieza esse hiato esse comércio com outros olhos

Meneios de uma cabeça destacada da paisagem
Cuja onda não aceitasse o sol que refletisse
Enquanto carros e flores e pernas passavam indiferentes
E todos os astros grises cumpriam sua rota
Foi isso esse silêncio esse vazio florescido entre duas cicatrizes
Esse botão de pedra esculpido entre dois nadas
O que enterrou um animal que ainda vive

ESTOU AQUI SOZINHO

Estou aqui sozinho
Premido entre as flores e as pedras,
Revisto Deus em sua miséria
E lembro-me de minha antiga pele
Coberta pela carne ainda cativa
E todo sofrimento me revela
Em seu condão de ódio, cega geometria.
Retenho todas as formas virtuais e pensativas:
Sangue, flor, esterco, musgo e linfa.
Circulo pelas veias infinitas, leitos de meu sono,
O sêmen imemorial consome o tempo,
Multiplica as pedras, me aniquila.
Entre a plenitude e o desespero: eis o homem.
Suando sua fraca anatomia,
Relógio de barro decaído, flauta adormecida.
Chegaste: mãos vazias. Olhos de espelho.
Não trouxeste a boa-nova que há milênios se anuncia?
Não trouxeste sequer a argila de nossas covas?
A chave dos cofres, dos manicômios, dos presídios?
A cal e o estuque, a massa incógnita nos forra

Quando nada mais resta sob os rastros de uma bota.
Apenas o punho cerrado, o dorso azul do dia,
A lua nas espáduas entre verdes açucenas,
Estátua que floresce, chama flexível, brancas enguias.
Olha: esta é a salvação que nos destina.
Um deus se abre, lâmpadas vegetais queimam seu *diesel*,
Palavras brilham vomitadas pelas negras veias da terra,
Tragadas pela boca do céu em seu disparo.
O homem se equilibra entre duas mortes:
A fábula mal nasce e a raposa logo a engole.
Vieste enfim para este mundo,
Pálios vazios, alguns anacoretas caçam insetos
Para que os devassos reinem no Universo.
Pois então. Venha. Estou aqui. A hora é esta.
Apalpa a fibra negra da minha carne.
Desprega-me deste breu que ora sabe a vinha e a ressurreição.
Penetra minhas fibras, vale a vale,
Para que as águas calem sua origem interdita.
O silêncio se enreda nesta hóstia, sol negro sem margens.
O deserto nos espera. Amor, rompe minha cela.
A luz de terra se desprega de meus ossos.
Recompõe em si o meu mecanismo fóssil.
Desperta. Nasceste agora. Nascemos. Tudo te espera.
Seiva, artéria, flor e adaga, pedra e lava. Tudo te aguarda.
Falta apenas o teu beijo para a vida ser criada.

PODES ACREDITAR QUE ESTA CIDADE TE LIBERTA

Podes acreditar que esta cidade te liberta
Mas ela pesa no fundo da noite
E todos os lampiões queimam a tua alma.
Dividido entre a sombra da matéria e o seu avesso
Sei apenas que a eternidade nos indaga
E eu não estou pronto nunca estarei para essa despedida.
Zimbro febril, homens de folhagem,
A multidão dilata a sua massa fedorenta
E a esponja flui por todas as ruas a sua nova forma emprestada.
Não há exílio. O deus que sopraste de tuas cinzas
Apenas se dissipou, subiu ao céu, fez-se perfeito.
O paraíso fechou-se sempiterno em seu cristal.
A nós resta a boca que mastiga, a hora morta.
Um deambular de ombros que não sonham.
Debruar o milho destas horas, o grão solar, seixo e hóstia.
Matéria velha, incandescente, de onde descendemos?
Onde estás se ainda me habitas?
É a ela que a carne retorna estragada em seu silêncio?
Sim. Agora a nossa salvação encontra o nada.
E um deus qualquer se imola para o nosso contentamento.

NÃO PARTISTE

Não partiste.
Continuas entre homens abatidos e aves leves.
Prossegues teu caminho sobre a terra cheia de vermes.
Teus braços crescem sem veias, verdes, faisões expelem a grande cauda da chuva com seus leques.
A terra prometida continua em tuas promessas.
Sabes: carrego o peso de todas estas falas e todos estes ossos.
Carrego o testemunho de um homem no deserto, desposo sua abjeção.
Por mais que os anjos lindem com a minha face e abram minha carne como um lenço.
Um revoar de espáduas ou a pupila da água se resseque.
É manhã. A locomotiva leva estojos cinzas para a fábrica.
Compactos eles não sorriem na massa rápida das almas.
Não detenho a redenção de cada pétala.
Quando a luz transpõe meu corpo, o ouro já realizou seu imperativo.
O tempo alimenta suas carpas negras nesse sorvedouro.

CALOR MATINAL

Calor matinal
Calor macio das mães que deslizam pelas ruas
Calor dos filhos entregues
A argila do dia amanhece
E molda em cada rosto o meu rosto
Em cada pele a minha pele
Amo-os a todos porque sua substância me precede
Azulejos prefiguram sua selva
Geometria azul de asas leves cravadas num horizonte sem retorno
Cada instante nota voz voragem vaga
Habita esse clarão de perda e prece
Nada do que foi ainda se suspeita e tudo o que há por vir já se oferece
Passo pela rua solar
Pela rua imersa em água limo sono
E pesco a flor submarina com mãos pensas
Cravo os olhos claros no sol posto
Sob esta rua beleza anfíbia
Frinchas de luz coral diáfano nos veste

Aqui posso morrer
Aqui posso reter a circulação
A estrela e o gume físico da luz já me golpeiam
Aqui parcela de terra mortal eu sou este planeta de ervas
Aqui nesta rua paraíso vascular deuses trafegam
Aqui elejo o meu destino o meu espanto
Dia igual a outro aurora circular
A brisa me enfuna e me devolve ao todo
Aqui prece de passos vozes intercaladas pedras
Movo-me sou o alimento o fruto túmido das horas
Aqui eu sou passo passo passo sem memória
Aqui eu sou para sempre passo agora

DA PAIXÃO

Eis-me aqui: a mesa, a ordem das coisas.
Nunca a falta de amor foi mais clara.
Vem, chacal. Repasto de feras, meu coração aguarda, meu corpo
    se abre de leste a oeste para o teu solstício.
Aqui estou: altar negro esculpido pela delicadeza das ervas.
Um dilúvio se incumbe de varrer meus restos.

Mas tu ainda brilha, sempre.
Copo de lírio, vermelho vivo aceso na cama, gesto a gesto:
Meu peito, tua face, o ouro, o verbo.
Acaricio grão a grão a página solar da pele.
A casa se abre, a luz, uma fresta.
E vejo-te aqui, à minha frente, ao alcance da fala: pausada,
    hesitante, eterna.

Não contemplarei as pegadas, resíduos, fotos tardias.
Sofro pela miséria não compartilhada.
Por perfeição perdi o que em mim falta e em ti sobeja:
Amor, finitude, instantes trançados em musgo, pedras
    desenhando pedras.

Eu: triturado pela engrenagem dos dias.
Tu: clareira nascida no momento mais triste da minha vida.
Animal ferido, maculei tua face com minha queda.
Peço perdão, o perdão das feras, culpadas e cegas.
Enquanto o flamingo atinge a glória da lua em sua extinção.

Sei das palavras, a linguagem dita no escuro.
Murmúrios tramados em nossa caverna:
A transpiração da tua flor em cada uma das minhas células.
Sei que isso ainda vive, se conserva em um quadrante
    do tempo.
Vazante, amor: a despedida é infinita, nunca se completa.

Ouço teus passos, a respiração, teus olhos firmes e entregues.
Não há reparação, tu sabes.
Mas mesmo assim vens pela noite, navegas meu sangue, meu
    sêmen, ressurreta.

Sim: abaixo de toda a baixeza, estou sujo. Pregado.
Entre bandidos, o Senhor me abandonou — ainda vivo.
Clamo ao sol: aprofunda esta ferida, esta lepra, escave-a.
Cuspa em minha face e pise minhas vértebras.
E eu possa cumprir a minha consumação, a tua felicidade.
Mãos de cinzas, a cabeça aberta.
Peço-te o perdão da estátua, pobre em sua geometria, agônica.
Morigerante e certa demais para as formas vivas da luz.

A redenção do mal reconhece o mal, um beijo em tua boca —
 amada, antiga, redescoberta.
Uma vez e tudo já foi dito.
Uma vez e tudo já foi feito.
Plenitude, amor.
Acredite: apenas isso é o que meus passos errantes sempre
 quiseram.
Louco, translúcido, nu e sem nome, abjeto — rezo.

Peço-te um dia a mais sobre a Terra.
Tua mão, teu corpo, o deserto.

RITUAL

I

Partilhamos um espaço de silêncio
Para que o amor se cumpra em sua certeza.
Em todo canto há uma morte e uma estrela.
A coluna clara deste dia e destas veias.
Não é o vinho. É o sangue. É esta clareira.
A substância mais antiga de teus olhos
E o coração mais novo destas pedras.
Deus só transfigura se embriaga
E salva apenas o que cai em pura queda.
Ascensão mais clara rumo à terra.
Sim. Estamos livres para esse abismo.
Estamos prontos para esse sol que cega.
Somos plenos naquilo que nos traga.
Escravidão e liberdade, nossas guias.
Sejas meus vícios. Serei teu néctar.
E quando se dissipar em luz o paraíso
A sombra há de tirar mais luz da treva.

II

Cativo de tua chaga, sacrifico-te.
Senhora de meu coração, pedes a morte?
Unifica-te em mim e morro contigo.
Salva-te de ti e em ti eu vivo.
Algoz do teu nome, nele me trancafio.
Transpiro o sangue que nos irriga e salva.
Destilo o pólen de nosso solstício.
Para mim teu sexo: uma mandrágora.
Para ti meus olhos que te furam: cravo.
O amor cresce na proporção da morte:
Cava em suas entranhas o puro enigma.
A salvação de quem agoniza é sem limite.
Tenho teu corpo. Tens minha palavra.
Tens meu destino. Roubo-te a alma.
Unimo-nos na luz de duas espadas.
Renascidos da dor que nos liberta:
Enterrados no poema que nos mata.
Grilhão, mordaça, algema, sarça:
Quanto mais sangro a pedra rara,

Tua cerviz acesa à minha navalha,
Mais belo é o naufrágio no teu corpo:
Glória de matar que me decapita.

III

Tuas juntas premidas esperam meu chicote.
Dorso de lua e lábio de noz-moscada.
Entro com todos meus dedos nessa selva.
A vela queima e a cicatriz exala.
O gozo escorre *ad infinitum* pela treva.
O punhal lacera a presa, guincha e bale.
De quatro e contrita, cordeira.
Agni, atravesso-te com mil sabres.
Acaricio a vértebra, sopro a tarde.
Feliz o orifício se abre à minha língua.
A verdade do amor é luz selvagem.
Vândalos desta catedral da carne,
Só a total difamação nos enobrece.
Vem, dá-me tua face e eu me afogo.
Calunio tua chaga com meu verbo
E no prazer desta dor eu me demoro.
Além da loucura só uma coisa rogo,
Além de te matar só uma coisa peço:
Unamos nosso sangue numa taça

Brindemos sangue e esperma em uma prece.
Assim a extinção do corpo louva o eterno
E eu purifico tua alma com meu sexo.

PARA SEMPRE E BASTA

I

Eu me lembro.
O sol se abriu unânime sobre nossos dias.
Sentaste no chão entre lírios de papel enquanto o café interrompia nossa fala.
Não sabíamos dos vivos. Habitávamos a última inocência.
A calma solar da pele tocada pelos livros.
O espaço azul anterior a todas as palavras.
O instante floresce no seio de um coração cativo.
Enquanto te despes, os grãos de luz bebem em uma só taça o paraíso.
A clareira do poema se abre a seu ofício.
Ele tem a nudez necessária para morrermos aniquilados pelo canto ou pela brisa.
Limpa o semblante de assassinos e suicidas.
Não. A poesia não vale um só instante sorvido pela tarde.
Uma só porção da água incriada transborda dessas margens.
O toque e a enseada. O âmbar retém o fluxo primitivo.
Todos os cavalos do sangue trotam e se unem em um só sopro.
O coração circula sua navalha e mergulha em nossa origem constelada.

Resta a cifra para além da sala. Algo de morte escoa pelas tramas do vestido.

Quantos destinos são precisos para se ter uma só vez um só beijo um só lábio uma só alma que valha?

Para um único poema, muitas cidades?

Quantas mortes para justificar nossos passos sobre a terra, entre as algas?

II

Uma vez: foi dito. É para sempre.
Ainda que tenhamos mentido, a verdade não nos basta.
Tédio de sol entre ciprestes, uma boca atada.
Uma só vez e o que existe é redimido pelo toque cruel da eternidade.
A noite não se abrirá para o teu sono. Percorro-a.
Tentas trabalhá-la nas mãos pobres do pensamento, símbolos precários do sonho, lucidez e enseada.
Sempre estas minhas mãos onde o conceito hesita entre a falsa luz, a chaga interior e o orbe.
Colhe, mulher, a erva expelida da solidão dos homens.
Não. Ela não conhece o fogo dos nossos nomes.
Seu grito não é esta faca, esculpe o instante.
Não são pássaros transidos pela lua as asas decepadas que te acariciam.
Roubam-te a alma e me amaldiçoam.

É a impossibilidade do amor.
A mais crua incompetência da carne.

Somos os murmúrios deste algoz, o céu nos eclipsa e a solidão nos une.

Mas a seiva antiga embriaga de beleza e nos irriga até o fogo.

A mortalidade aguarda o beijo, desperta.

Perfeição miserável, salva na loucura.

Amamos apenas o que resta do espetáculo, reserva de calma e desespero.

As manhãs infinitas desse circo onde a carne é leiloada.

Todas as madrugadas desse exílio repartido.

Pão solar e fome insaciada, meu *ríctus*, migalhas retidas à beira de um abismo.

Trocamos nossas almas. Porque nossos corpos se tocaram em outro espaço desde o início.

E se isso é maldição ou um motivo qualquer para termos a pobreza de um futuro.

Somos esta chama partilhada, em si mesma extinta, negação de toda conjetura.

Só assim realizamos a plenitude dessa falta.

E respiramos o instante livre da duração que sempre é pura.

MEIO-DIA

I

Subsisto porque a carne não tem nome.
E onde busco Deus só encontro falha.
A poesia se desdobra entre a luz e o cadafalso.
O sol logo nos preme contra o espelho.
E nem todos os homens já nasceram.
Não estamos vivos. Morte e máscara.
A renúncia ao mundo é mais tranquila
Quanto menos em mim o mundo arda.
Mas no coração da pedra a água brota.
Urgência de amor. Líquida flor de magma.
Cada passo inscreve uma lápide no abismo.
Uma vez: basta. Uma só vez. Basta.
Apenas respirar o monumento vivo
Que entre meus membros se dissolve.
Pelas veias flui sua nuvem rápida.
Adelgaça meu pulmão e me dilata.
Depois virá a Estrangeira. Romper-me a fala.
Dar-me a ração de tempo que me falta.
E é pra ela que somente existo, Senhor.
Salvação da minha carne e minha alma.
A paz me acolhe em um nada além do nada.

II

Entre a luz e o sem-nome sei que habito.
Matéria viva ainda a ser inaugurada.
Entre o que sobra à asa e falta ao mito.
Recolho-me: a água solar me guarda.
Muitos séculos eclodem em meu canto.
Aurora de broquéis, sonhos de espada.
O sangue em torrente me atravessa.
O que não sei de mim não me ultrapassa.
O sol brota em meu peito, pulso e casa.
Ó artérias, templo em combustão, espaço virgem.
As árvores conservam a pura duração.
Ó seiva verde que em meu corpo destilo.
A história de cada passo sobre a terra.
O beijo em si de cada beijo dado.
Aniquilo-me para poder suportá-los.
Para retê-los em minhas mãos desde a origem.
Morro pelo amor para nunca ser perdoado.
Sou a flora que explode e sua semente.

Um peregrino maldito, anjo sem halo.
O fruto ingente, tudo o que já foi realizado.
O país onde começa e morre todo mundo.
O passado e o porvir em mim eu trago.
Porque eu sou um ponto. Não o arco.
Sou o que falta a Deus e a seu contrário.

III

Fincado neste chão sou sem limite.
Entre a ideia da luz e uma tocha apagada.
Precário meu amor. Tudo é precário.
Pobre a minha virtude porque meu ódio é fraco.
Clamo por um sol que queime e não ilumine.
Aqueça minha garganta desde o talo.
A salvação só acolhe os desregrados.
Quem em fogo e excesso queima e brilha.
O resto é pantomima. Suor e salário.
Cadáver adiado e mortos que procriam.
Afundo os pés na relva ilimitada.
Sua falta de horizonte me alimenta.
O infinito só redime o que em si mata.
Seu espelho terroso me renova.
Para que a morte cumpra sua alquimia.
Estou aqui. Uma só vez é o que nos destina.
Equidistante de Deus e da mortalidade.
Ela me salva para que Ele me ilumine.

DESCEMOS RUMO À FONTE

Descemos rumo à fonte
E bebemos a água da origem para que um sol mais claro se anuncie
Posso estar aqui ali ao teu lado
No teu corpo nu que eu não apalpo
Na beleza nuclear destes lírios destes cardos
Dou-te mais que flores mais do que o buquê de meus pensa-
 mentos e meus atos
Mais do que a carne branca da rosa e seus saibros
Dou-te minha vida o que fui e serei
Pois além o olhar semeia e apalpa toda mão alada
Dou-te esta chaga a minha anulação
A ferida de amanhã cicatriza e tece o dia com seus arcos
Vamos à frente as libélulas marcham rumo ao centro
O mundo se inclina seios gêmeos retêm o equilíbrio
Axis mundi sorvo a essência a tua fala a hora clara num só cheiro
Um dia estaremos aqui agora unidos pela face deste espelho de
 ágata
Nunca mais nossas mãos serão o gesto dividido
A sensação pensada o voo inteligido em sua marca celeste
O fogo terso capturado em engrenagens de vidro
Não por mim mas pelo próprio amor serás amada

QUERO RETER APENAS A SUBSTÂNCIA VIVA

Quero reter apenas a substância viva
A raiz inaugural de cada rosto
Tudo o que é mortal abre-me a rosa incendiada
E eu trabalho meus delírios para não ser destruído por esta água
Que nos afaga esculpe atravessa afoga com crisálidas
Mais real é a alma mais tenaz que as pedras
Quero apenas isso o instante do cristal a sua infância
A duração pura o horizonte onde todos os barcos se liquidam

Tocar a primeira carne a última inocência
Desligado para sempre das ideias
Imerso eternamente neste húmus
Viver o abismo claro transpirado pela pele
A civilização embolora o beijo
O mofo dos livros envenena o homem que canta
Suja o dorso da criança fustigada pelo sol
Quero apenas esta pegada esta ração de paz e beleza
Adormecida sob o sono novo das estátuas

A constelação abraça a matéria incandescente
Meu peito acolhe todas as formas sofredoras
O movimento da luz além das algas
Tudo teus olhos tramam ao homem-pássaro
Quasar e espada livres pulsam sangram
Este dia este sol este poema esta perfeição que mata

NOSSOS CORPOS SE AFASTAM NOSSAS ALMAS SE CONFUNDEM

Nossos corpos se afastam nossas almas se confundem
Os papéis espalhados pela casa e o vagão pronto para a rota solar
Vivo teus vestígios a boca brinda com uma taça ausente
Todas as estrelas se recolhem em seus cenários
Enquanto a noite cava a terra lábios negros beijam na face a felicidade
Não somos da natureza aérea dos hibiscos
Não temos a luz que o trigo desprende a cada estalo
Não compreendemos os animais e a ciência do linho
Não temos o olhar redondo dos animais a lucidez dos agonizantes
Somos a argamassa incandescente *ex nihilo*
A morte só a morte nos livra de toda a matéria sonhadora
Mais pobres dentre os pobres desertos em meio ao deserto
O amor nos oferece o mosto amargo de seu ventre
E eu te dou a ruína clara de meus versos
Estamos nus antes do verbo e com teu toque o paraíso foi aberto

MIGRO PARA TI, ALÉM-PALAVRA

Migro para ti, além-palavra.
As vozes e murmúrios que te acuam, não, não dizem nada.
São a fala de um dia ao sol a pino, alguns volteios de luz, leque
    opaco, marcas.
Velas não desfraldam mais nem cinzas dessas pátrias.
Pois a luz maior ainda prepara seu sopro de beleza, solfejo,
    harpa.

Sabes, o tempo enterra, mas não dança.
Não sabe da tragédia entre duas asas.
Ardem as formas claras do esquecimento, a poeira original,
    miragem: farsa.
Que temos com isso? Quem mais vem ao encontro dos arquivos?
O incêndio lunar das casas? Nossos corpos sejam benditos,
    membros, orifícios.
Já somos deuses, Amada.

Retenho este momento entre meus dedos.
A fagulha doura o céu, enquanto pontilhas o horizonte:
O corpo de magma e a espada te atravessam, meio a meio.

Gozo e ressurreição: nossa hóstia, nossa vinha e novos zelos.
Eis minha resposta à tua indagação:
Sermos o veio, a foz, partitura e aragem: sermos.

Amo-te com estes lábios, os de sempre, intocados.
Descubro um país em cada curva e volteio, toda a linguagem.
Abro-me à tua nova flora, cadela, hino entoado entre ruínas,
Virgem Negra de meus sonhos mais plenos, de minha miséria
 mais clara.

Farejo-te nas estações, contorno o círculo de águas.
Nossas cicatrizes, mapas: viagens ainda a desvendar depois da
 pele.
Tudo isso é parte do poema, a tatuagem transborda.
Fora da vida, dentro do mundo: és minha alma, quando falo.

Marco zero, nem pedra sobre pedra do passado.
Aqui, agora, sempre, construo este poema: o teu corpo.
Sou a seiva enraizada em pergaminhos, folhas de relva, cabras.
Espaço virgem, Musa Negra, minha amada sem começo.
Nossa vida indestrutível rumo ao albedo.

Presentes na eterna duração.
O futuro redivivo: chama nossos corpos.
Nunca um amor maior viveram estes meus poros.
Em tua boca, nuca, sêmen, dorso, fronte: retorno ao nada.

Eis minha ascese, sem templo ou gênese: clarão.
Decifra-me e habita o meu país, ventre e delicadeza de tuas
 espáduas.
Deserto de minha sede sem retorno.
A plenitude de uma deusa anima as tuas mãos.

HÁ UMA VOZ E UM LIVRO QUE SOPRAM OS GALHOS DAS AVENCAS E ABREM UMA ROSA

Há uma voz e um livro que sopram os galhos das avencas e abrem uma rosa
Há uma pedra clara mergulhada no fundo da noite milhares de olhos brilham no horizonte negro de um lago
Baterão à porta não abrirei
Há um pássaro sem margem aves vasculares vazam a pauta do espaço
Emaranham-se às algas do céu e rompem seus diques
Cântico de tremor meu corpo exala minha carne não suporta
Minha carne sustenta o mundo suas fêmeas o clamor da terra livre irriga o sêmen das árvores
Todas as formas felizes se extinguem sob a glória suja dos homens
Todas as estrelas capilares do sexo as retículas os bagos vermelhos dos frutos se amuam sob a alma suja dos homens
Sob esta arquitetura de homens coração vazio cheio de folhas contando cobre
Canto sim o canto de tremor e vertigem de um reino que implora
Há uma noite esse vento muitas órbitas para os olhos vivos para o Universo e a pedra que brilha no interior dos bichos

O inverno de uma cabeça nas águas maduras se afoga silenciosamente se afoga anonimamente morre
Para que só a vida seja pura só a vida se livre da matéria das falas da solidez miserável das horas
Da solidez dos homens
Estou aqui para o louvor o extermínio um deus dentro dessa mulher transborda
Sopra a música dos animais imersos neste campo ceifado de homens na rotina de seus vícios no tédio de suas conquistas
Estou aqui baterão não abrirei porque te espero
Venho de um país selvagem e todos os tempos do mundo são tempos de início

QUERO SER ESTRANGULADO PELO CANTO QUE ME LIBERTA

Quero ser estrangulado pelo canto que me liberta.
Profundamente estrangulado pelo seu punho necessário.
Porque os espinhos nascem rápidos sobre as urzes.
Todos os dias eclodem maduros do fruto e de seus halos.
A força de um grito irrompe: fonte e auréola.
Quero ser extinto pela paz solar. Aniquilado em seu retábulo.
Os dardos vivos ainda vibram no coração do cobre.
Tua face constelada de raízes ilumina tudo o que dorme.
Lâmpada da terra. Quadro natural ao qual me soldo.
Oculto minha miséria com a palavra pura. A mais pobre.
A seiva transborda para cumprir minha vida.
A mesa de mogno. A laranja pacífica ancorada no azul.
Eu sou este animal que morre. E sua agonia é meu início.
Sou a treva vermelha que cresce pelos seus pulsos.
Exalo sua alma por todos os orifícios escuros do sol.
A vinha em mim se matura e sua veia em mim se reveza.
Adio a aurora. Os frutos das ondas se desfazem na brisa.
Abro meu peito para que a água radioativa me seque.
Assim amo esta morte. A minha. Única e coletiva.
A liberdade de suas guelras e de suas foices.
A luz crescente mergulha nos úberes frescos da noite.
Afundo para que o canto do mundo em mim se complete.

ANIMAL: ME ENREDO EM TI

Animal: me enredo em ti.
E é belo naufragar dentro do corpo.
Desato todos os teus nós aos poucos.
Na rede desta luz. Beijo viscoso.
A saliva trama uma história à parte.
Minha mão desfaz o ponto frouxo.
Musculatura lisa. Sangue pelas linhas.
Nosso rosto à sacada explode em linfa.
As cores no teu olho se adivinham.
Veias tecem o poema com suas sílabas.
Cada parte do corpo se divide:
Tua íris se confunde com meu lábio. Refaço-a.
Na noite espessa só a nossa nudez brilha.
Me enovelo em ti. Tecido e presa.
Negro. Alvo. Amarelo. Rubro.
Feliz a consciência se aniquila.
Para que o deus-rio do sangue se ofereça.

PASSEIO COM A NAVALHA RELUZENTE ENTRE TUAS FLORES

Passeio com a navalha reluzente entre tuas flores,
Adentro-as por todos os poros e pétalas, clareiras, águas desertas.
Roço a nomenclatura negra de tua pele.
Serei este peregrino abençoado pelo espaço sem limites que
    nos cerca?
O membro extraviado? A noite imensa nos engole e nos deserda?
Exilados do todo pertencemos a uma realidade mais completa.
Seria ela também um corpo maior, deus-chacal sem nome?
Tremo, como se diante de um templo ou de um antigo rito,
Enquanto abarcas com a boca o músculo, a pulsação, bebes a
    linfa.
Chamo-te, moradora do sol, para nos unirmos às regiões da
    origem.
Chamo-te à mais destemperada selva além da selva.
Mais um instante, o talhe sutil de tuas sílabas gementes,
A arquitetura vacilante, gozo e sonho brotando de duas bocas.
Depois da longa jornada, com a língua enraizada entre tuas
    pernas,
Sorvo feliz o último gemido vadio da minha cadela.
Para poder morrer em paz entre a lua e as tuas vértebras.

É POR REFAZER-TE NO TRIGO DESTA NOITE QUE TE PERTENÇO

Não. É por refazer-te no trigo desta noite que te pertenço.
Para sempre. É por cravar-te os olhos na maciez da carne.
E por navegar sem rumo pelo teu coração aberto. Meio
   a meio.
Que estou aqui. Que aqui me ofereço. Que me dou a ti.
Cavalo e cesto. É por não saber beijar-te com outros lábios.
E por nunca ter deixado de sobrevoar os teus cabelos.
É por não me saber dividido em tantas águas.
E por ser sempre o mesmo nos intervalos de mim mesmo.
Estrela dispersa no cristal de tantas margens.
Franja de um rio, coroa e eclipse tecendo o leito.
Traduzo e me transformo. Nunca estou em meu seio.
Renuncio a ti. Pois sou precário. Ainda sou aquela boca
   repetida.
Que pelo teu corpo procura um sol mais claro.
Rio: nada do que toco me limita.
Glória da mortalidade. A água solar só eterniza o que não fica.

ASTARTE

>Para Dora Ferreira da Silva
>*In memoriam*

O fio se rompe um deus corta os laços
Que te prendiam às limalhas da terra
E ancoravam a noite em sua imobilidade
Sabes flutuar porque já cantas
Pelos dias do cristal a voz dos galhos
O frio sentido agora seus estalos frescos
O canto molhado das notas desce do telhado
E se levanta com tuas asas
O voo certo da ave migradora
Que retorna feliz à eternidade

Pode vir a luz
Com suas setas delgadas e o orvalho incontinenti
Rosas sobre as omoplatas da deusa sonhadora
Pantomima sem máscara que nos abençoa
Pode vir a noite dos tempos
Suave intrusa de nosso cansaço
Porque já não tens lastro com a sombra
E o vaso agora repousa poroso solitário
Se mistura impregna é todo espaço

Passos de água no interior da água
Gestos de ar no interior do vento
Tecidos cujos nós são nossos passos
Imagens que nos sonham por dentro
Pura transformação
Da alma exterior que o coração prepara
E nada mais te ampara sopro nuvem nenhum elemento
Compõe o corpo de baile jaz sem centro
E nada mais explica a matéria de sonho
De que somos feitos

Patmos Cnossos Delfos Epidauro
Tocas traduz e te confundes com uma alma etrusca
E te são alheios todos monumentos
Não há limite certo vês tudo pleno
Desde a manhã do mundo que tua voz prepara
Se nos encontramos retornamos a teu seio
Se nos tocamos atravessamos tua pele
Se nos afastamos vamos ao teu encontro
Se nos ignoramos és o nosso espelho
Nada mais separa porque tudo adere

Mas não somos lúcidos como os animais que cantam
Porque antes de nós já exististe
Foste o espírito que cai dentro da matéria
O primeiro sopro do primeiro poeta
O poema escrito na primeira pedra

O primeiro respiro da flauta emancipada
O que para traduzir a luz recorre à vértebra
O poço que se atravessa é a palavra *poço*
E somos esta floresta quando passamos por ela
Música da qual somos meros mensageiros
Espírito de magma talhado em ágata
Água primordial que todo rio espera
E todo corpo encontra quando se liberta

Aqui ali alhures sempre o tempo queima
O combustível de seus dias e seus mortos
O mundo inaugura suas leis casas celeiros
Mas nos contentamos com nossa luz difusa
Clareira em meio à névoa e infensa à sombra coletiva
Abismo do mundo: o dia leve eclipsa

Tebas Alexandria Creta Chipre
Metamorfose de rosas sob os pés de um anjo
Porção que sobra ao ser e a seu contrário
Conjunção de nuvens rosto vascular alheio ao espetáculo
Olhas: inscreves tua sombra nestas heras
Recolhes a água mais antiga em tua hídria
Habitas essas terras com tua vida
Obra maior que nascer não foi criada
A maior de todas as obras se respira

Teus olhos grandes e redondos
Abrem-se atrás de arbustos ervas cinamomos
Deusa das transformações simples
Águas vestidas de crisântemos
A fonte rouca canta a tradução da lua em arte
Não foste porque a aurora vacila
E todas as formas esperam ser por ti reformuladas

Não partiste
Porque a rosa persiste alvorecente
E nenhuma carta foi aberta
E nenhuma palavra foi dita
E nenhum livro foi lido
E nenhuma tinta foi inventada
E não escreveste nenhum poema
Na superfície da terra com tuas asas

Aqui nascemos para a eterna novidade
Aqui celebramos a terra e a casa da lua
Há de se recolher em teu jardim
Alheia ao murmúrio soprado nos tijolos
Terracota de Micenas onde os deuses dormem
Doces muros de Tiro onde os santos se apoiam
Janelas de Mitra por onde nossas almas olham

Sêmele citarista desperta as fontes
Cibele ática de pequena proporção
Ártemis do bosque fecundidade e zelo
Astarte que precede a terra
Vida que mana de seus úberes e veios
Pacto natural com tudo o que existe
Selo que se rompe nascimento supremo
Como o primeiro beijo
Deméter te convoca para o seu reino

Para que possamos ver o limite de nós mesmos
Para que o trigo possa nascer em meio ao feno
Para colher o mel o almíscar a mirra o ouro
Não quebramos o azul do céu
Não temos raiva nesta hora de exílio
Não marchamos contra o muro
Não manchamos o rosto do inimigo com o perdão
Não acariciamos o filho de nossa malícia
Não conspurcamos este fruto com o ressentimento
O punho em riste contra o tempo que nos aniquila
As aves é que são esculpidas pela brisa
E por nossa razão mortal em seu consentimento

Dorme hora morta
Vocifera litania dos meus deuses provisórios
Porque o desespero há de ser afirmativo
E toda a chaga é em si a redenção de toda ferida
Arde dorso vento música silêncio de suave musculatura

Queima mesa cavalo crina azul do tempo esculpido entre
 urtigas
Sopra mundo natural estrela anfíbia repasto de meu amargo
 pensamento
Alquimia feliz de todos os seres vivos em uma só forma de vida

Brame constelação
Pulsa contra os vivos que vegetam sem saída
Sabes te visitei em uma tarde de maio
A porta entreaberta as ervas cresciam
Cabelos brotavam da lareira como saibros
E eras uma palavra escrita em sangue: *imortalidade*

Nesse dia
Cena derradeira do mundo antes do fio de Átropos
Onde a alma anteviu sua viagem
Não interrompi o curso da semente
Não interroguei o motivo do rio
Não invoquei a razão para explicar a forma da Terra e a
 pedra senciente
Porque sei que estás aqui para sempre ali agora além
Entre a hipótese da nuvem e o segredo do ventre

APENAS ESTE CAMPO TRANSBORDA ENTRE MIM E TI

Apenas este campo transborda entre mim e ti
Apenas o estouro destas amoras azuis como o trigo
Noites eloquentes destas árvores poços de martírio
Apenas estas flores e suas foices seus ponteiros
Seus dentes coloridos ruminam o tecido espesso
O ventre escuro o deus de terra que cresce
Entre a estrela e o túmulo ó floração de línguas
Veio aberto na arquitetura lisa do sono
Noite noite campo material onde me enterro
Para me livrar da liberdade suicida dos flamingos
Pulso de amianto luz de maio claraboia de folhas
Clareira de frutas cintura celeste ó grãos
Páginas ó horas trançadas em musgo
Louro agreste dos cabelos da infância
Degustar macio dos dentes constelação
O raio migra para o céu sem carne cicatriz sem dono
A sépala de luz desliza prematura pelo meu tronco
O dia verde recolhe suas pepitas de meus braços

Apenas este campo cresce entre nossos rostos
Apenas este universo se intercala a nossos passos
Foice de água ó grande arco sol decapitado
Amada antiquíssimo disco de lua crista e magma
Face das árvores incendiadas face imemorial dos homens
Doce terra virgem negra que fecundo com os lábios
Terra doce que me sorve para um país sem nome

SOBRE O AUTOR

RODRIGO PETRONIO nasceu em 1975, em São Paulo. É editor, escritor, professor e pesquisador. Formado em Letras Clássicas e Vernáculas pela USP. Professor e coordenador da Academia Internacional de Literatura (AIL) e do Centro de Estudos Cavalo Azul, fundado pela poeta Dora Ferreira da Silva, bem como coordenador de grupos de leitura do Instituto Fernand Braudel. Trabalha no mercado editorial há mais de dez anos, e atualmente presta serviços para diversas editoras, sobretudo na área de livros didáticos e infanto-juvenis. Colabora para diversos veículos da imprensa. Recebeu prêmios nacionais e internacionais nas categorias poesia, prosa de ficção e ensaio. Tem poemas, contos e ensaios publicados em revistas nacionais e estrangeiras. Participou de encontros de escritores em instituições brasileiras e em Portugal. É autor dos livros *História Natural* (poemas, 2000), *Transversal do Tempo* (ensaios, 2002) e *Assinatura do Sol* (poemas, 2005), este último publicado em Portugal, e organizou com a poeta Rosa Alice Branco o livro *Animal Olhar* (Escrituras, 2005), primeira antologia do poeta português António Ramos Rosa publicada no Brasil. É membro do conselho editorial da revista de filosofia, cultura e literatura *Nova Águia* (Lisboa). Lançou, pela editora A Girafa, o livro de poemas *Pedra de Luz*, finalista do Prêmio Jabuti 2006. Foi congratulado com o Prêmio Academia de Letras da Bahia/Braskem de 2007, com a obra *Venho de um País Selvagem*, publicada em 2009.

markgraph

Rua Aguiar Moreira, 386 - Bonsucesso
Tel.: (21) 3868-5802　Fax: (21) 2270-9656
e-mail: markgraph@domain.com.br
Rio de Janeiro - RJ